AF375788

CANTIQUES

NOUVEAUX.

(12)

St. Charles Boromée.
Cardinal et Archevêque de Milan.

N. B. Delin. et Sculp. 1779.

CANTIQUES NOUVEAUX

DE S. CHARLES BORROMÉE

ET

DE Ste. CATHERINE

D'ALEXANDRIE.

TIRÉS D'UN MANUSCRIT.

A L'ISLE SONNANTE;

Chez MICHEL COUPLET, Libraire.

1779.

Ces deux Cantiques en Poéfie dans le grand genre, n'auroient été mis au jour qu'après la mort de l'Auteur, s'il n'avoit pas eu le defir que ce fût de fon vivant, afin de cueillir les lauriers qui croiffent au Pinde, lui d'ailleurs qui eft dans le rifque d'en voir d'autres de près, puifqu'il fert dans les troupes.

Pour que ces deux morceaux foient chantés ou lus avantageufement, il faut être auffi verfé dans la Langue, qu'une Grammaire Françoife, à caufe de la prononciation, & des lettres que l'on eft obligé de manger prefqu'à chaque mot, fans que cela ait des fuites fâcheufes.

Les cinq fujets de la vie (en taille douce) de S. Charles, qui peuvent fe réunir dans un même tableau, (ainfi qu'ils étoient originairement difpofés) font auffi de la main de l'Auteur qui donne dans le crayon. Cependant c'eft un jeune Artifte qui a autant de talent qu'une Académie, qui les a gravés, pour qu'ils euffent plus d'efprit ; parce que dans ce fiècle, qui eft tout de feu, il faut de l'efprit, fans quoi l'on ne fait que de l'eau claire.

CANTIQUE

SUR L'HISTOIRE TRÉS-VÉRIDIQUE
D' Mr. St. CHARLES BORROMÉE,

*Qui fut Cardinal & Archevêque d'
Milan ; qui réforma plufieurs Ordres
Réligieux d'Eccléfiaftiques , & qui
r'çut de ft' affaire un coup d' fufil
qui ne l' tua pas , dans fa chambre,
où il étoit à dir' fon bréviaire.*

Par un bel Efprit d' Province qu'eft dans
l' train d' tourner des Madrigaux pour
les Dames, & d' bell' penfées pour
l's' Abbés. Sur un air de Pathétique.

Air des Pendus.

Or écoutez petits & grands ,
Une hiftoire de deux cents ans ;

A 4

Je vais ici vous dire comme,
On a pu faire un Saint d'un homme;
Il n'eſt plus de ces cœurs ſi purs;
C'eſt qu'auſſi les temps ſont bien durs!

Faut l' prendre, Meſſieurs, à l'ori‑
gine d' la choſe : R' gardez, s'il vous
plaît, comme après qu' Mad^e. ſa Mere
a mis le p'tit Charles au monde, v'là
M^r. Borromée qui jette ſur lui un œil
d' ſentiment ! qui le r' tourne, & qui
ne r' vient pas, à ç' qui paroît, d'être
l' Pere d'un ſi bel enfant ! & tout' la
famill' donc !...

Dès qu'il eut quitté le téton
On l' mit en éducation ;
Son Pere, un des rich' d' la Province,
Vous l' fit élever comme un Prince ;
Alors on vit que ç'jeun' cadet
Iroit loin, & c'eſt ç' qu'il a fait.

Naissance de St Charles.

Vous l' verrez bientôt qui a crû ni
plus ni moins qu'un champignon. Faut
dire l' vrai, chez l' s' enfants ça vient
comm' du chiendent quand une fois
c'eſt en train d' pouſſer. Mais ç' n'eſt
pas là tout, car y' n' ſuffit pas d'être
ſur ſes deux pieds comme une gruë
& d'avoir la tête entr' les épaules,
faut qu' ça mène à quéqu' choſe de
grand.

Les jours de récréations,
Y quittoit ſes p' tits compagnons,
Pour aller faire la prière ;
Il eût quitté l' vin pour la bierre,
Ou ſans manger auroit vêcu,
Si pour le Ciel il l'eût fallu.

A 5

En effet, v' là d' jeunes Meſſieurs
qui jouent à pet en gueule , ç' la
ne l' touche pas. Y s' tient là dans
ſon coin avec un air humble ; y n'eſt
pas d' ces gens qui mettent leur nez
partout , & c'pendant il en avoit uñ
à ç' que dit l'hiſtoire.

Tandis qu'au ſortir d' ſon endroit,
On vous l'enſeignoit dans le droit,
Chez un Avocat de Pavie,
On fait Pape ſon Oncle Pie ;
Et pour lui ce n'en fut pas pis,
Parc' qu'en famille on s' pouſ' gratis.

Ç' que c'eſt qu' la fortune ! & c'eſt
univerſel déja ; car ſi vous avez un

Jeunesse de St Charles.

St. Charles Bénit le Peuple 5.

oncl' Bailly, n'y a pus qu'un pas à faire dans la justice pour avoir quéqu' charge d' Sergent ou d'Huissier à verge, j' m'en vante.

Il n'avoit pas ses vingt-deux ans,
Qu' son Onqu' qui sent ses grands talents,
Lui coëffe la tête de rouge,
'Afin que la piété n'en bouge,
Et d' Milan l' fait premier Pasteur,
'Ainsi le v' là donc Monseigneur.

T'néz, t'néz comme l' peuple s' jette à genoux, & comme Mr. Charles lui donne des bénédictions à tour de bras, tant son cœur est pa-

A 6

ternel pour les Membres d' fon Trou-
peau.

> Quand on r' préfent' faut des valets,
> Des Gentilshomm', puis un Palais ;
> Y fait d'abord comme les autres,
> Mais y' s' dit tout bas qu' les Apôtres ;
> N'avoient laquais, chars, ni chevaux,
> Et valoient bien des Cardinaux.

C'eft d' la morale fans qu' ça pa-
roiffe ! Dame , quand l' fujet prête
faut qu'il y en ait pour tout l' monde,
les jeunes comme les vieux au refte ,
& les filles comm' les femmes.

> Un beau jour il vend tout fon train,
> Y' s' réduit à l'eau comme au pain,

St Charles renvoye les Officiers
de sa Maison.

Puis avec la fainte Doctrine,

Étend chez lui la difcipline;

Vous voyez bien ç' que c'eft pourtant,

Lorfque p' tit poiffon devient grand!

Auffi chacun fait fon paquet; vlà
les ânes, les Écuyers, le cabriolet,
les Pages, & le ch'val de felle qui s'en
vont à pied.

Tout fe r' lâche, tout s'amollit,

Et l' Moin' n'eft pas Moin' par l'habit;

A Milan l' mal étoit énorme,

Dans l'Églife y met la réforme,

Car on n' gagne pas l' Paradis,

Avec des cocagn' ou l' paff' dix. (1)

____

(1) Pour des cocagnes ou le paffe-dix.

C'eſt vrai dà ! faut pas croire qu'on
entre là tout droit comm' chez ſoi ,
& qu'on peut faire gras l' Carême,
& puis s' gliſſer enſuite dans la foule !
n'y a pas d' foule qui tienne, on n'
paſſe là qu'un à un.

Ç' la fit prendre un' ſi grand' humeur ,
A tous ces beaux Chantres de Chœur,
Qu'un jour qu' i' prioit dans ſa Salle,
Y' r'çoit dans les reins une balle ;
Mais l' projet n' fut pas ſecondé ,
Car ç' que Dieu garde eſt bien gardé !

C'eſt l' pus beau tableau ! voyez
comme Mr. Charles Borromée qui
a la face contre terre ſe trouve avoir

M. B. Delli. et Sculp. 1779.

St. Charles reçoit un coup de Carabine.

la tête pus bas que l' cul. Vlà l'
fond'ment d' l'aventure, découvrez-
vous ç' p'tit homme qu'eſt dans l'
loin avec une carabine, dont y' lui
tire un coup? Y n' rate pas au moins!
examinez ſi l' grand Prélat ſe ſoucie
d' çà, & ſi on découvre quéqu' mou-
vement ſur ſon viſage qu'eſt caché.
Heureuſement ſte balle n' fait qu'
gliſſer.

Vous penſez que ſt' évenement,
Dut pour ſon zèle être un calmant,
Car chat échaudé craint l'eau froide;
Mais le Saint n'en fut pas moins roide;
Pour être en ce cas toujours tel,
Faut avoir un beau naturel!

D' ces gens là l' moule en eft caffé ;
& j' fais bien ç' que j' dis , allez !

Enfin un jour il trépaffa ,
Car faut toujours finir par là !
Et puis dans la grande Légende ;
Il s'en alla groffir la bande.
A chacun de Meffieurs préfent ,
De grand cœur j'er fouhaite autant.

ROMANCE

Ste. Catherine d'Alexandrie.

ROMANCE

EN MANIERE DE CHAGRIN

HISTORIQUE.

Sur Sainte CATEAU CATHERINE qu'étoit
une fill' comm'y faut d'une grand'
souche ; qui vécut Vierge d' son
temps, jusqu'au bout, & qui, parç'

B

qu'elle avoit d' l' efprit ni pus ni moins
qu'un Démon, difputa corps à corps,
fous l' Emp'reur Maximin, pour la
foi, contre d'fameux Philofophes ;
dont auquel l' Prince la fit roüer, at-
tendu qu'elle eut raifon.

*Pour la fête d'une femme groffe qui a été fille
auparavant elle-même.*

Sur l'air : *De Manon Giroux.*

FAUT que j'vous cont' l'aventure,
  De fte pauvr' Cateau,
Sorti' d'un' origin' pure
  Comm' un verre d'eau.
Ainfi qu'vous ell'vint au monde,
  Sans l'moindr' falbalas,
C'pendant fa pudeur profonde
  N's'en courouça pas.

Ce fut en Alexandrie
  Qu'ell' vit l' premier jour :
Dans ç' lieu, fur l' idolâtrie
  S' difoit l' contre & l' pour.

A treize ans man'zell' Cath'rine;
  Pus favant' qu'un Clerc,
S'battoit fur la foi divine,
  Comm' un livre ouvert.

V'là qu'au bout d'un temps ça fâche
  L'Emp'reur Maximin :
Y'vous en r' lev' fa mouftache...:
  C'étoit un Romain !
Et puis, ç' malin comme un finge,
  S' dit, j' veux pour régal,
Inftruir' fte cornette d' linge,
  Qu' ç'eft' un' bêt' (1) qu' fon ch' val.

C' fut par de bell' politeffes,
  Qu'il la commença;
Mais fte fill' qu' eft fans foibleffes,
  Ne fent rien d' tout ça.
Alors pour la faire taire,
  Y' prend d' ces Meffieux,
Qui prouv' (2) en écrit, qu' la terre,
  Eft au-d' ffous des Cieux.

-----

(1) Pour bête.
(2) Pour prouvent.

Avec Cath'rine on l's affemble
   Chez l'Prinç' qui s' tient droit;
Ell' n'a pas peur, car ell' n' tremble
   Jamais que de froid.
Chaqu' philofoph' qui l'harangue
   Trait' (1) la chofe à fond;
Mais ell' qui vous a d' la langue,
   D'un mot les confond.

L' Prince en d'vient roug' comm'un' flâme
   D'enfer d'Opéra,
Et jur' tout haut dans fon âme,
   Qu' la fill' le païra :
Puis en prifon, (douce amorce!)
   L'envoye à l'inftant,
Pour qu'ell' foit libre par force,
   D' changer d' fentiment.

Ça fait fracas dans la Ville ,
   Chacun la veut voir,
Car près d'un' fille on s' faufile ,
   Sans qu'on ait l' cœur noir.

---

(1) Pour traite.

L'Impérat. la visite
    Avec un Seigneur ;
Près d'ell' y' s'abjur' (1) tout d' suite,
    L' Démon de l'Erreur.

Ce fut bien une autre affaire
    Quand l' Prince l'apprit,
Il enrag' (2) d'un' tell' colère,
    Qu'y n' sait pus ç' qui dit ;
Puis y fait mettre une roüe
    Sur un échaffaut,
Pour Catherin' qui se loüe,
    De ç'la pus qu'y' n' faut.

Dès qu'ell' touche à la machine,
    Instrument de mort,
La roüe éclate en ruine....
    C'est c' trait là qu'est fort ! (3).

---

(1) Pour abjurent.
(2) Pour enrage.
(3) Ceci n'est pas un trait d'auteur qui quand y
tient quéqu' histoire, la plume à la main, surtout
d'une personne comm' ça, la fait prêter au point
qu'il lui faut pour qu'ça' l'amuse d'abord, & puis

C' pendant on la martirife
Si bel & fi bien,
Qu' fon âme fe fubtilife,
Et qu' y' n' reft' pus rien.

---

l' s'autres apr

ès, c'eft la vérité nue qui s' montre
là. Voyez la leçon du jour de Ste. Cath'rine au **25**
Novembre qui eft imprimée en latin, au moins,

MORALITÉ

A MADAME ***.

Pour que l' tout aille à son adresse.

Quoiqu' vous n' soyez pas si sainte
  Que fte d' moisell' là,
Madam' v' là qu' vous êt's' enceinte,
  C'est d' bon bien que ç' la :
Faut qu' tout' chapell' ait un Cierge,
  Sans quoi qu'est ç' qu'on f'roit ?
Si chaque fill' mouroit Vierge,
  Le mond' finiroit.